CLIC, CLAC, MUU
Vacas escritoras

Para papá, D. C.
A Sue Dooley, B. L.

CLIC, CLAC, MUU
Vacas escritoras

Spanish translation copyright © 2002 by Lectorum Publications, Inc.
Originally published in English under the title
CLICK, CLACK, MOO
Cows That Type

ISBN 1-930332-28-9
Printed in Singapore
10 9 8 7 6 5 4 3 2 1
Library of Congress Cataloging-in-Publication Data is available

CLIC, CLAC, MUU
Vacas escritoras

Doreen Cronin Ilustrado por Betsy Lewin

Traducción de Alberto Jiménez Rioja

LECTORUM
PUBLICATIONS, INC.

El granjero Brown tiene un problema.
A sus vacas les gusta escribir a máquina.
Durante todo el día oye:

Clic, clac, **muu.**
Clic, clac, **muu.**
Cliquety, clac, **muu.**

Al principio no podía creer lo que oía.
¿Vacas que escriben a máquina?
¡Imposible!

Clic, clac, **muu.**
Clic, clac, **muu.**
Cliquety, clac, **muu.**

Después, no podía creer lo que veía.

Querido granjero Brown,

En el establo hace mucho frío

por la noche.

Nos gustaría tener mantas eléctricas.

Sinceramente,

Las Vacas

Ya era demasiado que las vacas
hubieran encontrado una vieja
máquina de escribir en el establo,
¡y ahora querían mantas eléctricas!
"De ninguna manera", se dijo
el granjero Brown. "Nada de mantas
eléctricas".
Así que las vacas se fueron a la huelga.
Pusieron una nota en la puerta
del establo.

"¡No hay leche!" gritó el granjero
Brown. Adentro oía a las vacas muy
ocupadas:

Clic, clac, **muu.**
Clic, clac, **muu.**
Cliquety, clac, **muu.**

Al día siguiente encontró otra nota:

Querido granjero Brown,

Las gallinas también tienen frío.

Quieren mantas eléctricas.

Sinceramente,

Las Vacas

Las vacas estaban perdiendo
la paciencia con el granjero.
Dejaron una nueva nota
en la puerta del establo.

"¡No hay huevos!" gritó el granjero Brown. Desde afuera las oía:

Clic, clac, **muu.**
Clic, clac, **muu.**
Cliquety, clac, **muu.**

"¡Vacas que escriben a máquina!
¡Gallinas en huelga!
¿Quién ha oído semejante cosa?
¡¿Cómo puede haber una granja
sin leche ni huevos?!"
El granjero Brown estaba furioso.

El granjero Brown sacó entonces su propia máquina de escribir.

Queridas Vacas y Gallinas:
No habrá mantas eléctricas.
Ustedes son vacas y gallinas.
Exijo leche y huevos.
Sinceramente,
El granjero Brown

Como Pato era neutral, les llevó
el ultimátum a las vacas.

Las vacas celebraron una reunión de emergencia. Todos los animales se reunieron alrededor del establo para averiguar qué pasaba, pero nadie pudo entender ni mu.

El granjero Brown esperó respuesta durante toda la noche.

Pato llamó a la puerta a primera hora de la mañana. Le entregó una nota al granjero Brown:

El granjero Brown decidió que era un buen trato. Dejó las mantas cerca de

la puerta del establo y esperó a que Pato llegase con la máquina de escribir.

A la mañana siguiente
recibió una nota más:

Querido granjero Brown,

El estanque es muy aburrido.

Nos gustaría tener un trampolín.

Sinceramente,

Los Patos

Clic, clac, **cuac.**
Clic, clac, **cuac.**
Cliquety, clac, **cuac.**